달밤, 국도 1번

문학들 시인선 018

이효복 시집

달밤, 국도 1번

문학들

시인의 말

마음이 까맣게 탄 적이 있다
반복되는 슬픈 역사다
너는 어디로 간 걸까
꿈의 기억은 사라지지 않는다

다 타버린 잿더미를 본 적이 있다
시란 무엇인가
광주의 오월, 세월호, 이태원 참사까지
생명은 한 번뿐이다

자라뫼 마을은 나의 본향이다
세종대왕 스승 이수의 19대손
나는 이 집안의 출가외인이다
무수히 떠돌던 인명의 참상

시인은 어둠 속에서 빛을 창조한다
까맣게 타버린 허허벌판 잿더미에서 오래도록
빛을 창출한다 숨이 다할 때까지
움, 카오스다

끝까지 믿고 인내해 준 '문학들' 출판사에 감사드린다

국도 1번을 지나며
이효복

차례

제2부 자라뫼 마을

제3부 공원에 나갔다가

제4부 저녁노을미술관

제1부

달밤, 국도 1번

정읍사공원 망부상
– 꿈 1

비가 내리고 바람이 차가워도 좋았다
너를 찾아 자드락길 올라서는 동안
마음 동동거리며 그런 날 있었지

비가 내리고 그 비 내 앞을 가로막아도
더는 한 발 나댈 수 없는 벼랑에 서서
너만을 기다리던 그런 날 있었지

한낮 푸른 잎들 다 떨궈 절망만 남아
사각사각 살얼음 지는 어둔 겨울밤
온몸은 시려 잠 못 든 새벽 에움길

눈이 내리고 바람이 에워싸도 좋았다
찬찬한 달도 없는 밤
그 달 높이 떠 심중 홀로 들앉아

나라의 어둠을 밝히던 그런 날 있었지

율포 일출
– 꿈 2

다시 해는 떠오르고

율포 해변 선착장에서 막다른 행선지를 묻는다
솔 숲길 조형물에 몸을 사뤄
신년 인사 다짐에 멋스런 녹차해수다

마음도 불끈, 꿈의 수위를 더해
해금 연주의 공명통 소리는 해안을 굽이돌고
더러는 환호작약 타오르는 심장

율포 해변 방파제에서 급조된
프란츠 리스트의 사랑의 꿈을 듣는다
'사랑할 수 있는 한 사랑하라'

나이 든 여정이 골 깊다
만인의 곡이면서 나만의 선율 품어
바다는 꽃마차로 출항을 한다

어둠도 동이 터 저만큼 비켜 갈 즈음

해는 다시 떠오르고 나는 춤추는 발레리나
등대 아래 친구들 표정이 곱다

양정달마루골―사랑나무

― 꿈 3

양정달마루골 들입
화순 도곡 평리의 농지 한가운데에
홀로 선
이백 년가량의 노거수
사람들은 이를 사랑나무라 부른다

분주한 일손의 하루해가 뉘엿뉘엿
동네 마실 나오면
손님 들까
그 아래 의자 허랑히 자릴 내주고
정갈한 들녘을 주시하는데

피사체를 향해 화각을 맞추는
시선 하나가 올곧다
홀로 서
만인의 우러름을 사면서도
목울음 삼키는 어머니의 형상이다

고운 자태 가다듬고

농로로 부산히 수라상 차려내
손잡아 애써 주는 온정
풀벌레 뉘엉뉘엉 해는 지고
어둠이 사각사각 내 맘에 스며

오시라,
화순 도곡 평리의 들판 한가운데에
홀로 서 있는 느티나무
홀로 서 눈 뜬 화순 도곡 사랑나무
지석강 줄기 따라 황혼에 물드는, 달빛 돋는

명옥헌

– 꿈 4

손을 놓고 뚜벅뚜벅 걸으라
아늑히
그 안에 나를 놓으라
함께 온 그들 저만치서
수면 아래 또 다른 세계인 것을
어쩜 신선이었던가
내 안의 언어가 선율을 타고
만 리를 달린다
중후한 세기의 울림
나도 거기 하나의 향연
새가 되고 노래가 되고
배롱나무 가지마다 영그는
아, 나의 신비
어쩌다 꿈을 꾼 건가

만귀정
– 꿈 5

멀찍이 떠난 여인의 늦은 기다림
꽃무릇 이울고
늘 푸른 연지
허리 굽은 노거수 습향각에 몸을 기대
걸음을 멈춰
소소함에 취해 본다
수중 궁궐이라 했던가
비단옷 입고
꽃상여에 얹은
꽃가마 탄 수련이런가
애써 저만치서 물씬거리는 자중
늦은 모향
별빛이 사뭇 정겹다
몸 둘 곳 없는 도회 떠나
외딴 여기,
취석과 성석
들어갈 때는 취하고 나올 때는 깨라,
연꽃 향에 가득 달뜬
내 맘 거기 수중 정자 가둬 두고 싶다

소쇄원
– 꿈 6

어미의 1분 1초
생의 절박함 속에서
길을 가다가
어디만큼 날아갔다가
멈춘다 자분자분

또한 피었다 지고
진리의 촉수를 더해
댓잎마다 소슬히
더는 내려앉지도 못하고
진창거리는

낱낱이 그득한 회한
나와의 마지막 걸음이었다
순번 없이 심장의 파동을 더해
무수히 변화하는 대지
험한 비를 퍼붓고

온몸 가득 부산한 걸음

연초록 잎의 수포
불안의 더께에 근접해
누군가는 또다시
이렇게 길을 가다가

어느 누가 먼저
저곳의 안쪽까지 들여다볼까
길 밖의 원앙, 허상의 갈림길
광풍각 앞 계류 물레방아
상쾌한 바람 들앉는 조화론 민간정원

와온
– 꿈 7

정좌했다
따라붙는 생각들
풍광이 정갈하게 수를 놓고
물밀져 오는 꿈
넉살 좋게 너의 정원에
복병이 된다
어디든 몸 하나 숨길 데 없는
어디로 떠내려가든
산간의 둘레에
켜켜이 분사되는
우주의 가장자리 막다른 해안
순결하고 지난한
수면의 벽 겹겹이
어디에선가 다시 붙들려 왔다
내 의지
온몸으로 발설하는 혼돈의 자각
희망의 늪

물염정

– 꿈 8

이렇게 철저한 군락의 밤이 오면
경계에 서서 꽃을 피운다
생의 마지막 발악일지 모르나
곱게 서서 너의 가까워지는 소리를 감지한다
더는 오지 않아도 좋다
너의 숨결로 난 하루를 마셔 생을 유지하기로
철벅 철벅 강을 건너 동은 터 오고
이 밤도 부단히 등을 켠다
사방 아우성치는 봄의 희망
우뚝 불을 켜는 장미
봄눈 날리고 애먼 꽃샘추위
악에 물들지 않으리라,
산자락에 활활 불붙는 인정

낙안읍성
– 꿈 9

아이들 탄성을 듣는다
그때의 아이들은 아직도 또렷한데
오밀조밀 옛길은 없고
넓게 뚫린 외서에서 벌교읍으로 넘어가는 국도 15호선
확장 개통이 눈에 환하다 석거리재에 터널이 생겼다

입장료가 4천 원이다
그나마 코로나로 관람이 부분 차단되었다
새로 산 구두를 신고 낙안 들판을 걸어 발이 부르터
대낮에도 창 없는 컴컴한 방,
처음 먹어 본 생알의 오묘한 미감
꼬불꼬불 낯선 고을에 줄창 울어 대는 개구리
졸업 앨범에 너는 없고 이젠 너의 이름도 희미하다

등을 돌려 걸음을 옮긴다
그런 시절이 오롯이 그리운 건
더는 볼 수 없기 때문이다 나만의 갈증 때문이다
막막한 역사 속에서 지분마저도 사라져 뜸한 회신
빈궁과 결핍, 해묵은 점방은 없다

마구 놀았던 우리들의 시대는 없다

목화꽃 정경
닭도 키우고 많은 세대가 산다
모양새 갖춘 것들, 잎 다 떨군 600년 된 겨울 고목
몇 번이나 왔던가
몇 번 더 올 수 있겠나

아이는 걸으며 많은 것을 물었다
저물도록 걷자고 했다 그의 미래가 훌쩍 커 버린 공간
낙안은 너른 추억이 되었다
들녘의 개구리울음 없다 실체만이 존재한다
아무런 것도 가질 수 없는 시대의 정한

매표소 앞의 멀구슬나무 열매가 아롱아롱
그날의 현장과 흡사하다

자목련
– 꿈 10

그 일을 도모하고 싶은 것이다
나에게로 가능한 일
이어 가고 싶은 것이다
그동안 변형되고 뒤틀어져
그때의 내가 아니다
다시 돌아서 내게로 온다 한들
간극은 멀어졌고
서로이 멀찍이서 바라다볼 뿐
꽃이 핀다 해도
뭐가 대수롭겠는가
사라진다는 명분일 뿐
그렇게 네가 보고 싶은 것이다

시로 말하고 시로 화답하던
울안에서만 보던 아이들
사랑도 시로 주고받고
속삭임도 시로
고마움의 답례도 시로 표출한,
아이들 시 모음집도 출간한다

공연 후 뒤풀이 때 공깃밥을 두세 그릇 먹고도
배고프다 하여 김밥을 들려 보냈다
괜찮은지 걱정이다

어둔 밤 교정에 피어오르던 자목련
꿈의 기억

무등산
- 꿈 11

후퇴하면서 나아가기도 하는 것이다
천천히 꽃도 피었다 다시 지고
엄동설한을 궁구하면서
얼마나 더 단단해지는 것이냐
맹세코 기다리지 않았더냐

냉한 비운의 눈이 내리고
발길도 얼어붙어
한 치 앞도 가누질 못한다마는
어둠이 우리와 겨룬다 해도
잠 깬 각성의 문이 스르르 열리고

사립 밖 훤히 환대의 날이 온단다
어디인 줄도 모르고
우둔한 빈궁의 도시에 칼날이 버팅겨
청빈의 세월 우두커니 망가져 앉아
봄비만 바라본다

인숭무레기, 야욕의 총검이 지구를 몰살한다 해도

생명들 손발이 잘려도
더한 비가 내린다 한들
우물터에 버젓이 천지간 울음을 지켜 내기로
지난날 아로새겨,

배 속의 태아가 자라서
청장년 되었거늘
저만큼 능선에 다시 꽃 피어오르거든
봄의 덤불에
허한 눈물 한 줌 다시 살아

무섭게 외치는 구호
구금된 자유의 들녘, 길섶에 죽어 간 이름
어찌 잊었다 할까마는
저 우뚝한 산, 시가지를 비추는 무등
살아 있다는 그것이 희망이다

양동시장

– 꿈 12

각도에 따라 다르게 인식되는 사물
모든 것은 과거의 쏠림으로 돌린다
다시 평상심으로 돌아가자
둘러싼 배경 속에서 딛고 지나온
과거를 본다 허물을 본다
자꾸만 심장을 하비작거리는 것들

지난 것들은 다 사라졌다 어제의 일들
꿈속에서만 갈구고 지저귈 뿐이다
돌아가자 움켜쥔 것들
그렇게 너는 갔고 너를 보냈다
내게서 너는 없다
다만 정경만 있을 뿐이다

새해 첫날
양동시장을 찾았다
양동복개상가의 새벽을 뒹굴던 넝마, 넝마주이
소리를 건너 학교에 갔다
거기에 사라진 모교

'겨울공화국'

무등산이 한눈이다
날 선 호각에 교문은 무너지고
쏴 대는 최루탄에 눈을 뜰 수 없다
무작위로 달음박질친
가스에 벌겋게 탄 눈
오랜 허언의 시간은 갔다

줄 선 '양동통닭' 그때 그 지점
넝마를 줍는 춥고 시린 얼굴들
곁에 없다
오래된 청바지 매장
아직 남은
재봉틀 돌리는 소리가 정겹다

달밤, 국도 1번
− 꿈 13

세상은 낯설고 보이는 것마다 눈물져
너 없이는 아무것도 할 수 없을 것만 같은 밤이었단다
이제는 허물만 남아서
군더더기 세상을 비집는구나

내가 달리는 국도 1번,
당산목 느티나무가 있는 단전리 외가
들판을 가로질러 숲에 터널이 뚫렸다
야생 동물이 길바닥에 죽어 갔다
산골 매가 이른 바람 먹이를 찾아
가까이 더 가까이 와 닿는다

발파석 날리고
빨간 신호등을 무시한 채
누군가 박아 작살난 폐허의 외벽
만신창이로 누워 있었다
언젠가 쪼그라져 흔적도 없이 사라질
환한 경이의 달밤
자귀나무 꽃 나를 깨웠지

울울한 낱알,
한쪽 구석진 방
어느 유년의 여린 밤
꽃 드문 피고
그 꽃 사라져
신작로 국도 1번을 달린다
기억의 오랜
그날의 곤궁을 생각한다
처음 눈뜬

문화란 원시로 되돌아가는 것
차를 멈추고
신의 음악을 듣는다

자란 고향의 하늘과 들과 여울
다 놓고
푸석푸석 건 바람 날리는 밤
울지 말아라 고개를 돌려 보라

패망한 곳에서 싹이 트지 않더냐
눈을 들어 보라
내일 잔설이 내릴 줄 알면서도 오늘
꽃으로 피는
시 한 줄 나오지 않는 벼랑에 섰다고 말하지 말라

꽃피워야 한다
누구든 우리는

제2부

자라뫼 마을

쑥
– 꿈 14

땀을 흘리고 흙을 만진다는 건 보드라운 일
출강을 이유로 손을 놔 버린 농장에 다시 왔다
냉이는 찾을 수 없고 순하게 자라는 쑥
더듬더듬 완연한 봄을 흠뻑 마신다 온몸에 흐르는 땀
절대로 농사짓지 말그라, 유언처럼 남기신 어머니

지난해 밭갈이를 못 한 두둑 덤불 멀칭 사이로
바람을 외면한 여문 순들이 지평을 넓힌다
흙냄새가 좋다

축령산으로 오세요
- 꿈 15

부음을 들었다
너와의 그날을 손꼽았었다고
말하긴 해도 이미 없잖아
흰 눈길을 걷고 숲으로 갔어

노래가 되어 하늘은 더 가까이
닿을 듯 멀어만 갔지
항거의 불볕 그런 날, 더러는 가늘게
그럴 땐 숲으로 오라,

눈 속의 길을 뚫고 미끄러졌지
빙하의 언덕 날을 세우고
앞다퉈 너와의 수신
다신 내게로 오지 않았어

까닭을 모르던 친구는 자꾸만
숲으로 오래, 나는 숲으로 가고
길 묻힌 혹한의 가시에 날 가둬 버린 날
그렇게 부음을 들었다

축령산으로 오렴, 친구야
어린 나의 친구야
꿈이 놀던 치유의 편백 숲 능선
헐벗은 산 곧게 빼어난 신성의 나무

갈애바위

- 꿈 16

그렇게 흘러간다
내게로 왔다가 저 먼 곳으로
잠시 내게로 왔다가 가는
너 또한 때로는 그리하였다
산도 들도 바람도
가끔은 그리하였다

목란 마을 지나던 막다른 갈재 주막에
기괴한 바람 소리 일그러진 채
억울한 혼 하나 산 능선 바위에 눈썹을 새긴다

그 사내 바람으로 왔다가
구름으로 머물다가
옛 국도 1번 지나는 길에
원덕리 미륵석불 장승이 되었다

유년의 길목에 마주하던 미인바위
갈애

살아온 생이 머문 허연 밤
아무도 보지 못한 곳에 너는 피어 있다
초야의 터
맘속 그리움 하나

홍살문
- 꿈 17

−세종의 스승 이수의 죽림서원

스승에 대하여 생각해 본다
어떤 스승에게 배웠는가
무엇을 묻고 탐하였는가
의문의 끝은
빈사貧士의 자리, 57세에 낙마

고향 마을엔 부모님이 안 계신다 집안 어른도 없다
떡국을 내오는 친구, 그의 신랑이 직접 빚은 복분자주를
들고 달려 나온다 지푸라기에 띄운 청국장과 대봉
친정이 따로 없다 뜨락의 차와 과일 담은 놋그릇
옛 그대로의 살강과 부뚜막

장성군 북이면 만무리 부동 마을
봉산 이씨 시조 이수1374~1430 죽림서원이 있는 곳
전남 유형문화재 제163호 세종의 스승
청렴결백을 높이 하여 황해도 봉산 땅을 하사
터 잡아 세거해 온 600여 년의 가문 19대손

아버지는
나의 어린 걸음을 들려 매번 이곳을 일관하셨다
임금이 집안에 내렸다는 '경인수세 충효전기'
충과 효를 으뜸으로 삼으셨지
봉산이씨문헌록 모화루 그리고 세종의 응제
'삼색도화시'에 생각을 묻는다

추수 끝난 다랑논
겨울 나그네의 행보처럼 차갑기만 하다
어디로 가야 할지
목전에 운명처럼 펼쳐진 길
두터운 어둠만이 위안이 되는

갓길 이지러진 풀숲
풀벌레 하나 울지 않는 향리의 밤
또 하나의 오랜 나의 친구야
간다 또 올게

장성 백비
– 꿈 18

죽음 앞에서 우리는 얼마나 위태로운가
아직 할 일이 태산 같다
은인이 살아올 것만 같다.
엉킨 매듭을 차근차근 풀어내야 한다

살아 있다는 것만으로도
꼭 해낼 수 있으리라 각오한다
누군가 해냈듯이
그 일은 완성될 것이다

어둠의 정원에
흙과 바람과 자연의 뜻 새겨
허허 들판 말 없는 울림
그의 결에 화답한다
세상의 너른 품에 안기라

고귀한 삶에 누가 될까 봐
비문이 없는 돌을 세운다
전라남도 기념물 제198호

장성군 황룡면 금호리 조선 중기의
문신 박수량

논
- 꿈 19

알곡,
얼굴이 그을렸다
나락이 건조되는 오후의 나른한 시간이다
무던히 걸었다 산등성이 깊은 무덤들
아버지는 응답이 없으셨다
감당해야 할 굴레
파헤쳐야 하는 것들
언덕바지에 서 본다

벼들이 곱다
저 논에 굽어진 잔설
대장간이 생각났다
무엇이든 만들어 쓰는
기억도 그렇게 재생되는 것일까
새길이 뚫렸다
서릿길을 내디딘다
곡창지대
곳곳에 펼쳐지는 기억의 조각보를 꺼낸다

트랙터 한 대가 앞길을 막는다
잘 된 경지 정리
논둑길에 다다른다
어둑어둑 해거름이 깔리고
온 세상이 절망일 때
오랜 친구와 칩거를 이야기하다가
네가 나의 희망일 수 있다는 것
우리가 바다에 던져 버린 판도라 상자
너는 어디에 잠적한 것인지

자라뫼 마을

– 꿈 20

여행이란 결국 자아 찾기
자신에게로 되돌아오는 것
자꾸만 들여다본다

신념이나 철학, 소양은
이미 어렸을 때 완성된다
도회지를 떠나 참 많은 것을 본다

살았던 어린 추억의 집터
비석 글자가 닳아 보이지 않는다
허물린 담으로 기어든다

세종의 스승 후손인 집안
옛 집터에 쓸쓸히 머문 금낭화
대나무시렁

살지 않아 방치된 뜰
꼭 그 자리 우둑우둑 앉아 눈뜬
원초적 숙명을 생각한다

직관이다
은연중에 머물렀던 것들
나무를 보았다 오래된 집

바스락거리는 '보리수'
노래처럼 누워 보고 싶다
모두 떠나간 텅 빈 나의 본향

옥수수
– 꿈 21

아이는 어디에 있을까
시퍼렇게 저린 밤
어둠의 골짜기에 너의 이름을 부른다
소먹이들만 우두커니 서 있는
적막의 들판
간 데 모르는 나의 시선
옥수수 우두둑 저며 망보는 고라니
울 밖에서 유년의 울음 듣는다
죽지 말아라
어둠이 불을 켜고 일어서고 있다
어둠이 발악하고 있다
이제는 곧 돌아올 여명
켜켜이 너의 실상 붉어지고
멍든 산골짜기에
걸음도 울퉁불퉁 희미하게 목소리 절고 있구나
생의 가장자리 흙 한 줌 움켜쥐고서
경계를 지운다
생명 있는 것들의 온기
우두둑 이양기

로타리 돌리고
새끼 우렁이 한 움큼
물꼬를 댄다
졸졸 미꾸라지 치는 개울
소먹이 트랙터 집으로 가고
땅거미 내리는 밤
알알이 웃는 가지런한 네 모습
그날의
아이는 어디에 있을까

아버지의 문학상
– 꿈 22

그렇습니다
오늘은 당신의 하늘을 봅니다
어느 날 내게서 멀어져 버린 하늘
나의 방은 오래도록 묵어
울울합니다
나는 무엇인가 캐내려 칙칙한 겉창을 들어내고
본 적 없는 할머니가 숨겨 놓았을 녹슨 패물들
FM 클래식이 크게 울리는 방
온종일 동굴인 지하 방
켜켜이 커튼을 닫고
귀는 하늘을 봅니다
차단막을 헤집고 내게로 오는 침잠
나는 벽을 기어오르고
어느 날 내게서 사라져 버린 하늘
아비가 거나하게 술 한 잔을 걸치고
곰재를 넘었을
아직도 저 길모퉁이 돌아 갈재를 넘었을
나의 아버지,
그 숱한 비운을 온몸으로 예감하셨다

여생을 문사의 길로 매진하셨다
오백여 편의 시문을 남기시었다

어머니–단전마을

알몸을 씻겨 내려갔다
흐릿한 샤워기의 물
뜨겁지도 차갑지도 않게 살갗을 흘러내린다
허기를 채우지 못하고
빈 살강만 더듬던 허탕한 물컹함
너무도 곱다
예쁜 얼굴
정중히 바라보지 못했다
여리디 여린 손등
거울을 보며 씩 웃었다
여행 갈 마지막 채비를 끝낸 듯
안온했다
옷가지를 옆에 꼬옥 안고 깊은 잠이 들었다
빛이 내린다
온전한 어둠
곡진하다

퍼득이며 날아오르는 새,
어머니의 거룩한 마을

어귀에
나는 엉거주춤 울고 서 있다
잠든 마을
조금씩 헐거워진 선돌 틈으로 멀거니 멈춰 선 햇발
표지석을 보았다

6·25, 샘, 홍매화
– 꿈 24

–단전리 돌담 홍매화

어제 너를 보고 왔더니
오늘 눈이 내렸다
분분 휘날리는 눈, 네가 오는 것인가
봄이 오는 것인가 도강 김씨 집성촌인 단전리
전국 유일의 수려한 느티나무도, 큰샘도 그대로인데

대문 안 정원의 소나무에 가려진 평상엔
네 사람, 둥근 웃음이 굴뚝 연기 모양 기웃하다
들어가지 못하고 꽃발만 딛는데
안쪽 담벼락 그만큼 쿡 치켜 고갤 내미는 큰 개
너머로, 낡은 빨랫줄, 간짓대, 옷가지 없는 집게만이
자분자분 앉아 논다

어머니는 숱하게 말씀하셨다
잔솔 푸른 뒷산, 숨겨져 사방 벽면 어둠뿐
누군가 꺼내 주지 않아 목마르고 숨 막히고 울음도 없는
생의 지하에 곤두선 밤낮의 참상,

발을 접질린다 부스러진다
온다 달려 나온다 실체 없는 누군가가 걸어온다
어둠이 걷히고 연고 없는 마을 서성거린다
나를 주시하는 여백의 공간, 저마다 다른 생존의 방식

가만히 기대 본다 유년의 큰샘
가물어 보타짐 없이 마을을 지켜 낸
닿을 듯 말 듯 돌담에 홍매화 폈다
2022년 신년 정월 초하루
코로나 거리 두기 마스크 쓰고 혼자 들여다본다

팔다리 다 잘려, 전정된, 잔가지, 뭉툭한 몸체에서
움을 틔워 돌담 기어오르고 있다 좁쌀만 한 홍매화 꽃눈
도회로 다 떠나고 아는 이라고는 없는 외가 단전리
어제 너를 보고 왔더니
오늘 눈이 내렸다

육촌—족보
— 꿈 25

—빙벽
모든 것은 틈이 되었다
몰아넣어져
그 어둠을 밟고 일어나야 한다
꿈을 안고
다 찢겨져 우는 바람
할 말들 묻혀 소곤거리는 것들
모아져 봄빛 움트는 저녁
드문 별 하나 가깝다
길의 모든 것은 오직
너에게로 가는 신의 위상
보채면서 무너져 내리는 것들
산중에 숨겨져,
아련한 불빛, 울창히
숲이 되었다
다사롭다
지난한 걸음, 기억 밖의 꿈

나이도 출생지도 같다

아는 동갑내기 소설가의 절친이다
출판기념회장에서 만났다
강황을 섞은 막걸리 딱 두 병만 마신다
문중 어른들을 빼닮았다
집안 족보를 다 왼다

가려져 뱉지 못하는 역사의 그늘
늦게나마 알게 된 그의 묵음의 날들

이준규—목포
– 꿈 26

꿈에라도 보고 싶은
그리운 얼굴이 있다
지구상의 그 어떤 것으로도 보상받을 수 없는
1980년 5월
목포경찰서장 이준규
90일간의 구금과 파면
그 흔적조차 아득하다

어느 시인이 내게 전해 준
『안병하 평전』을 읽다가
사진 한 장을 본다

– 이준규 목포경찰서장은 5·18 당시 안병하
도경국장의 지시에 따라 무기 사전 대피 등 시위에
소극적으로 대처했다는 이유로 합수부에 끌려가 고문과
구속, 파면을 당했고, 그 후유증으로 4년 후 사망했다

그는 한 집안의 가장이자 꿈이었다

제3부

공원에 나갔다가

진실의 입
- 꿈 27

진도에는 이종호 시인이 산다
진도 소식꾼 토박이다
그에게 모든 사물은 연민이다
그의 눈에 비추이는 미완의 일들을
암말 않고 해낸다
진실의 입, 바위를 산속 묵은 밭에서 발견하곤
곧바로 옮겨 왔다
전통 방식의 의식도 거행한
눈 코 입이 다 있는 자연산 바위다
입에 손을 넣어 보면 뭔가 미묘한 기시감이 있다
마음이 도드라져 우는
뜻밖에 방문 날짜가 같다
딱 3주년, 5월 3일 인증사진을 찍어 준다
백년해로하란다
무게 40t의 얼굴 형상을 한 바위
자연의 신비로운 조화 속에 이뤄진
진도 영물이다

진도대교—씻김굿
- 꿈 28

진도타워 오르는 길은 가파르다
녹진항에 진도대교가 생기고
그 아래 다가가
손바닥을 바닷속으로 쑥 넣으면
울돌목은 한없이 출렁거리며 거센 바람을 휘몰아
격한 울음을 쏟아냈다
처음엔 철선으로 다음은 연륙교로

자갈 도로에서 해상케이블카까지
송두리째 시간은 어디로 간 걸까
지구상의, 우주의 이방인일 뿐인 우리
오갈 때마다 목포 신항의 '세월호'
지금도 많이 출렁이고 있다
눈부시게 낯설기만 한 나의 오랜 섬 진도
어둑어둑 밤길을 챙겨 돌아왔다

예전엔 팔각정이 있었다
배 13척으로 왜구 133척을 무찌른 곳
울돌목의 대승, 피섬이 되었다

물살이 휘돈다
전국 최초의 유일한 쌍둥이 사장교다
지날 때마다 가장 낮은 곳으로 달려가
물살의 회오리를 갈피갈피 새기곤 했다

바로 옆 놓인 빨간 공중전화 부스
누군가에게 끊임없이 타전을 보낸다
울돌목 거센 물살은 도저히 맨 맘으로는 들을 수 없다
지천이 눈물이다 깡소주에 운저리 한 마리는 있어야
아리랑 가락에 가슴앓이 달랜다
진도 사람들 모두가 소리꾼이다
밤새 이어지는 씻김을 했다

라벤더 언덕
– 꿈 29

−꽃은 새로이 핀다
나를 위하여 꽃은 핀다
나의 위안은 무엇인가
비가 내린다
그로 인하여 꽃은 피고 꽃은 진다
비는 내리고
꽃은 새로이 핀다
봄이거나 겨울이거나 어둠이거나
내 맘 깊은 심해의 바닥
벼랑에서 철철 눈비 맞으며
태동을 하고
바다 저쪽 깊은 수렁에서
혼돈의 늪을 뚫고 고요히 솟는
세상 어디에서나 꽃은 피고
세상 어디에서나 꽃은 진다
비가 오고
내 마음속에서 꽃은 핀다
내 마음속에서 꽃은 진다
꽃은 늘 그 자리이면서

꽃은 늘 그 기억이면서
꽃은 늘 울먹이면서 기꺼이 사라졌다가
다시 새로이 핀다

의신면 초사리 산
라벤더 언덕 바닷가에서
브루흐 곡 신의 날, 속죄의 음악을 듣는다
섬섬이 곱다

진도 홍주
- 꿈 30

지초는 진도 홍주를 만드는 산야초로
1800년대 전기수 조수삼의 시에 지초 이야기가 나온다
'내 가진 것은 아홉 송이 지초'
진도 홍주 또는 지초주
지란지교의 지초芝草다 뿌리는 자색으로
눈 쌓이면 주위가 붉어져 있는 자리를 숨길 수 없다

천 년의 맥을 잇는 전통주
일제와 해방 후의 엄한 밀주법에도
서민의 생계수단이었다
홍주 한 사발 마시고 취기에 말에서 떨어져
어전회의에 불참하여
멸문지화를 막았다는 허씨 집안의 술

더없이 맑고 은은한 기품의 야생 지초는
집보다는 울 밖 야산에 무리 지어 자란다
명절이면 어르신들이 건네준 대두병 홍주를
받아 오곤 했는데
사이다나 맥주에 약간만 부으면 와인칵테일이다

지금은 다 돌아가신 명인들
전통 가락이 찰지게 버무려지는
진도의 멋과 한과 보랏빛 흥
마당 가득 출렁인다
돌아오는 길 버릇처럼 꼭 몇 병 주문하곤 했다

팽목항
- 꿈 31

비가 내려요 노란 꽃들만 피어요
걸음을 멈추어요
여전히 슬픔에 잠들고
거기 그대로 있어요
눈을 뜰 수가 없어요
느릿느릿 다가와 몸을 적셔와
배가 고파요 일어나고 싶어요
사방에 씨앗을 날려 깃대를 세워요
가느다란 기다림의 피안
오래도록 목울음 울어요
너와 내가 만나 저 바다로 흘러
닻을 내려요
비가 내려요
여기서 비를 맞아요
그 비 내게로 와 함께 눈물 흘려요
함께 비를 맞아요
그렇게 울어요
아, 비가 내려요
여기서 그 비를 맞아요

함께 울어요
어둑어둑 밤이 내려요
나는 울어요
여기 이 자리 떠날 줄을 몰라요

클래식 듣는 고양이
– 꿈 32

목포역 앞 유달산 아래, 화가가 산다는
저택 담장의 고양이
차 없는 거리라서 근대 건물이랑 전통 가옥 둘러보았다

초여름, 십여 년 키우던 고양이를 잃었다
새벽바람에 동물병원 응급실을 온통 뒤졌지만, 잠긴 문,
품에서 굳어져 가는 근육, 뚝, 떨어지는 체온, 마주하는
눈빛, 말 못 하는 것이라서, 얼마나 아팠을까

그 사이, 한동안, 음의 선율로 칩거, 사진을 찾다가
건물 벽에 귀를 쫑긋하고 앉아 볼륨 높인 음악을 듣는
길고양이를 보았다 멀건 대낮에
림스키코르사코프 스페인기상곡奇想曲을 듣는다
음악이 끝나니까 유유히 사라지는

저물녘, 농장에서 막 돌아오는데
이옹이옹 신호를 보낸다
종이컵에 먹이를 주려는 순간, 잽싼 동작으로
낚아채서 발로 컵 속의 사료를 꺼내 먹는다

내 손가락엔 빨간 피,

어쩔 수 없다 그래도 좋다

번호판 뜯긴 폐차 밑에서 가끔씩 나를 망본다

공원에 나갔다가
― 꿈 33

밤이 깊어 울었다 어둠이 자꾸만 날 끌어당기고
사방 홀로 남아서 맹탕 목련꽃 보러 나와서 축축이
발길 젖어 길을 잃고 어미 생각이 났다
현관문도 잠기고 문밖은 잠잠
어둠만이 남아서 자욱한 풀숲마다
망보는 토종 고양이 지난한 술래가 된다

난 목련 몽올 사진만 찍어 대는데
연인의 소곤대는 고요 목젖이 부어오르고
정말 아무도 없을 줄 알았던 공원 언저리
당산목 왕버들 아래 눈을 반짝거리며 숨는,
숨었다가, 공원 의자에 납작 엎드려 앙알이는,
어둠 속에서 반기는 놈, 정적이 흐르는 밤

꼭 이런 날이었지 돌멩이 다 부서져 먹피로 날린
매초롬한 도시의 복판을 걷고 있었지
땅거미 짙은 해름참의 어스름 빛도 가시고
갈가리 찢겨 먹통 된 금남로 길을 해진 운동화짝 끌면서
넝마처럼 지나왔던 때, 꿈이 산산이 박살 나고

촘촘히 날리던 난망, 그런 봄날이었지

그때 내 나이 단발머리 막 몽올 오르던
자유는 맘속 봄빛으로 만개하는데
눈발 날리고 가망도 없이 너를 보낸다
신이 없는 시대 어디에서도 노랫가락 들리지 않는
오랜 공원의 선돌 구금의 역사
공원에 나왔다가 어린 눈의 너를 보았다

아메리카노
– 꿈 34

점심 후 오랜만에 분위기도 좀 낼 겸
아메리카노 생각이 나서
동네 마트 앞 커피 가게 가는데 '장어사랑' 건너
'낙지마당' 앞 지날 무렵 꽃샘추위 세찬 바람이
휘몰아쳐 뭔가 내 앞에 닿는다 순간 발목이 접질러져
철퍼덕 열십자로 콘크리트 바닥에 넘어졌는데
양 무릎 다 깨지고 양 손바닥 양어깨 살갗 벗겨졌다
훤한 대로 내리막길에 꼬꾸라져
너무 아파 죽는 줄 알았는데,
한참을 저 앞에 가다가 뒤돌아보곤
가까스로 달려와 껄껄 웃는다
막 화났는데 내 몸이
무거워서 일어나지도 일으키지도 못하니까
실내장식 가게 예쁜 여자가 부축하러 오는데 창피해서
혼자 끙끙 일어나 분개하는데
살펴보니, 종이 푸대 속에 옷가지 등 묶은 폐기물이
발에 걸린 것
대낮에 커피도 못 마시고 망신만 당했다
간신히 입원은 면했지만 온몸이 자근자근

나란히 손잡고 안 갔다고 삐져
돌아누웠다가 아무리 생각해도 그래도 억울해서
서울에 사는 동생에게 줄창 띄어쓰기 하나 안 하고
내용을 이어 붙여 문자 보냈더니
되레 깔깔대며 재밌다 한다

홍시―공연
― 꿈 35

강둑에 납작 앉아 밤바람을 벗 삼아
초승달도 되고 그믐도 만들면서
낚싯대를 드리우고 시의 울을 친다
어두컴컴 도회지 현관 앞 몸 낮추고
이슥한 시간 길고양이 먹이를 준다
이골이 난 음식물 찌꺼기 긁어모아
화분의 영양분을 만들고 온기를 부어
난이며 매발톱 로즈마리 대추나무 블루베리
손질로 하루가 곤하다
시시때때로 지저귀는 휘파람새 따라
금당산 모퉁이 돌아 나올 쯤
하아냥 대며 인사하는
생명의 모든 것이 품안이어라
한겨울 신년 초이레
한 해 동안 애써 분재에 키운 홍시 하나 달랑
미리 떨어질까 한지로 싸안아
뚝, 가지째 꺾어, 시 쓰는 아내의
생일 선물로 얹어 준다
가진 것 다 내어 주고도 섬돌 밑

곤궁한 것들에 바람막이 되어 주는

그의 '홍시' 자작시가 음악회에 가곡으로 연주되어
참석했었다 코로나가 한창인지라 의자마다 거리 두기
마스크 쓴 관중, 낯선 시간 속
반복되는 불안과 어둠의 시대, 검열
그렇게 한 해를 보냈다

풍암호수

– 꿈 36

–자정
길을 가는 장미
어둠은 심장으로부터 온다
어쩌다 울음도 잠들어
달은 깜깜 숨고
살얼음이다
지구를 돈다 분산된 음
물살 위 꽃 한 송이
어둠을 켠다
목울대를 치대어 꽃대를 올리는
섣달그믐
시작이다 피를 토하라
매혹의 장미여
신화여 부조리여
가여운 밤의 나라
눈에 밟힌다
주인 잃은 꽃등
거칠게 사라져 가는
나의 시간들

허허로이 몸을 부비고
신월,
한 번쯤 서 보아라
끝이 어디인지를
손을 뻗어 만져 보아라

풍암동의 가을

－ 꿈 37

－낮술
풍암골에 이리 또
우수수 가을이 지니
어찌 시인이
술 한 잔 안 할 수 있겠는가
인연의 끈을 회상시키는
가지런한 모둠이다
입추의 단풍이 눈발로 내린다
카카오 택시로 되돌아가는 훈훈한 금당산 자락
마음이여, 어찌 출렁이지 않으랴
함께 찍은 그리움의 사진
오래되고 낡은, 해묵은 시간이 좋다
누가 심었을까
토종 맨드라미
낙엽들 밟힐 때마다
맘 부글거리는
색색이
슬프다
역동의 풍광

아직 남아 있는 가을이 발목을 잡는구나
산 아래 살면서
수년 만에 나선 금당산행
정오의 볕이 참 좋다

무등산에는 나의 은사가 산다
– 꿈 38

외등을 끄고 가만 바라다보면
수척한 솔바람 마음 가득 여위어
걸어도 보고 달래도 보고
해마다 이맘쯤 물봉선으로 피어납니다

당신의 호기, 불끈 용솟아 아롱거리는 저기,
가끔씩 뜨겁게 나를 일깨워
당신을 유람합니다

책 가득 배낭을 메고 상생의 꿈 나서는
한학과 철학까지 두루 섭렵한 역사학자 송문재 선생
명품 도원 마을 이장, 나의 은사

당신을 보러 버스를 타요
1187미터 높이 천지인의 봉우리 정상을 향해
1187번 버스를 타고 무등산 옛길로 당신을 보러 가요

무등산 무돌길 51.8킬로,
싸릿길 조릿대길 덕령숲길 원효계곡길 독수정길

백남정재길 이서길 영평길,
나무들, 바람의 숨결, 새들의 지저귐,
바닥의 돌멩이까지,
이야기가 있는 굴지의 마을들,
6·25도 지나고 5·18도 지나며 묵묵히 지펴 온
불씨, 이제 달랑 홍시처럼 가을은
온 시야에 퍼질러져 나름의 호롱을 켜지요

무등산의 고운 능선 고비마다 당신의 말씀 새겨들어요
병을 만드는 것도 나 자신이요
병을 거두는 것도 나 자신이다
마음 저미어 난치병 이겨 냈다죠

주상절리 은빛 수정 불멸의 은사
필사의 의지로 일어서고 일어서는
거기, 무등산이 있다는 것을
마을 막다른 길 누비며 당신,
보름달로 떠오르고

신선이라 말해요 무등산지기 무등산인
팔순의 영원한 청년,
안심길 수만리길 화순산림길 만연길 용추길 광주천길
푸른길
모다 15길 51.8킬로 걸어 나오며 당신을 보아요

평생을 평교사로 참교육에 앞장서다
무등산 규봉암 아래 집 한 칸 들여
무등인이 된 나의 스승 나의 은사

앞도 보고 옆도 보고 돌아도 보고
가다 보다 노란 들녘 햇밤 싱그런 채마밭
억새 보드랍게 다가와 길을 여미는
무등의 신령,
당신의 발길과 말씀이 한가득인데

한 해가 다 가도록
한 해가 다 저물도록
천지간에 그러모아

번개같이 감응할 날 또 언제이리니

소리마다 으뜸이라 말씀마다 좌선한 듯,
길은 무더기로 비탈길 굽어 천연의 시무지기
무릉이라
발길 닿는 곳곳마다 당신을 보아요

뜸북이국
- 꿈 39

기억에서 멀어지기 전에 새기어 두자
하늘에도 바다에도 들에도 나뭇가지에도
더 까맣게 잊혀서 더는 기억에서 사라지기 전에
지난 자리 다독이며 그렇게 바라다본다

진도에는 뜸북이 갈비탕이 있다
'궁전 음식점'이랑 '묵은지 식당'이 월요일 휴무여서
세 번째로 간 옥향식당
구수한 토박이 진도 말씨에 우러나는 맛깔난
뜸북이국 이야기
진도의 구슬픈 노랫가락에
구미 당기는 뜸북이 갈비탕
시댁에서 처음 맛본
가마솥에 노골노골 애경사 때 나누던 뜸북국
그때는 무심코 먹었지만,
조도에서 가져온다는 해초 뜸북이
진도에서 맛보는 진득한 별미다

제4부

저녁노을미술관

광천동의 5·18
- 꿈 40

순명을 다한 어둠의 빛
일어서라
개벽의 북

아주 오랜 어느 날
스물셋의 꽃다운 나이
1980년 오월
그곳에 조등을 켜 울음 달고 서 있다
아직도 21번 버스 금남로 가는
광천교 바리케이드는
길을 막고 총을 겨눈다

압슬의 총구멍, 끝의 칼날, 비명의 소리
한쪽으로 쏠리는 소리 없는 눈들
광장의 희뿌연 바람, 지울 수 없는

누구든 그 총을 겨누지 마라

홍성담 1
– 꿈 41

−신화
영혼이 마를 때
핏빛 바다 그것은 성역이었다
때론 희미한 바람이었겠으나
때론 잠 못 든 날들이었겠으나
때론 우주를 누비었겠으나

영혼이 말라져 신성의 바다에 이를 때
그것은 섬이었다
부단한 섬으로 남았다
쉼 없이 새긴 꿈의 연작들은
몸의 기억이다 잠재된 비밀의 얼개들

일관된 꿈속을 유영하면서
본디 순한 자신의 모습을 본다
뼈를 깎는 날 선 실체의 칼날
꿈의 그림은 본연의 것에 대한 소통이고 응답이다
고뇌의 '꿈' 그리기를 수십여 년

꿈의 환영은 그대로 고통에 이른다
어떤 것도 생명의 죽음을 앞당길 수 없다
절박한 일상의 연민, 꿈의 다랑논
동산의 붉은 꽃 잉걸, 몸 안 깊은 곳의 모성
그림 낱낱이 무의식은

해로도 달로도 나무로도
신비의 형상으로 드나든다
그칠 줄 모르는 걸쭉한 존재의 이야기
도려낼 수 없는 인권의 바다로 이어져
날마다 외침이었다

영혼이 마를 때
영혼이 말라져 경이의 바다에 이를 때
그것은 섬이었다
우주의 화풍을 잇는 신화의 주역이었다
꿈으로라도 이루는 통일이었다

홍성담 2
– 꿈 42

−귀환
시대를 말하리라
영롱한 물방울로 한줄기 가시 그물코
살아서 빛 바람, 이 땅을 수놓았다

누누이 근면한 걸음 남겨
한 땀 한 땀 이어진 겨를의 연륙
홀로 빛이 되었다
올곧게 버성김 없는 결을 이루고
눈물겨 우는 몸의 각

오월의 화가여, 작은 오월을 달구던
침묵의 예리한 활촉
정갈한 애씀
손끝으로 살아내었다
그렇게 남아 지상의 길이 되었다

일어나 다독이리라
그대의 이름도 노래도 서로이 움틀

화가여, 시대의 부름이여
기억의 바람
아, 글썽져 우는 생의 몰입

원초적 꿈의 귀환
온전히 눈뜬 기억의 밥알이어라
역사의 씨눈, 간절함이어라

홍성담 3
– 꿈 43

–꿈 그림
아직 남아 있는 별과 달과 바람이
우리를 비추고 있어요 우리를 부르고 있어요
피 흘린 그날
앗,
현존하는 거리의 아이들
용산구 이태원로 밀집의 장소
아무리 외쳐도 지날 수 없고
허랑히 밟혀 눈도 없고 귀도 없고
숨을 쉴 수가 없어요
집으로 돌아가고 싶어요
삽시간에 꿈은 현실을 비추고
실체는 이 땅에 온전히 사라져
꿈속 이야기 물속 스무날
곳곳의 바리
여기저기 울고 있는 아이들
비명의 소리
이 땅의 참사는 그치지 않아요
쥐도 새도 모르게 사라져 가요

생의 난간에
아직 남아 있는 별과 달과 바람이
우리를 비추고 있어요 우리를 부르고 있어요
천년만년 이어 갈 우리의 얼
우리는 일어나야 해요
꿈을 찾아야 해요
봄을 찾아야 해요
무수한 오월을 꽃피워야 해요

금초 정광주 선생-書
– 꿈 44

우주의 꽃을 다 모아도
천상 미소진 보드라움을 어쩌겠는가
곡진 힘겨움이 날 선 매서움으로
강한 선율을 그려 내었다
어찌 울음뿐이겠는가
산정에 서 보라
이보다도 더 헐거운 거인을 보았는가
어디에서든 뿜는 빛
날로 찰진 날 올의 걸음
길길이 뻗은 첨탑
비바람 제껴 쌓아 올린 씨날들
자애로움에 바짝 긴장의 틀을 당겨 본다
숨죽여 눈물지다 영원하리라
시대의 희망이다

위위부진爲爲不盡
해도 해도 다함이 없는 예술을 칠순이 되어서야
깨우쳤다는 의미다
대학 1학년 때 발표한 내 시가 실린

40여 년도 더 지난 교지를 여지껏 간직하셨다가
전해 주셨다
이날도 일부러 도록을 챙겨 사인해 주시니
그 품이 한량없고 감사하기 그지없다
금초 정광주 선생님
인생 70년 서예 50년 서집 발간 기념 위위부진전展
386쪽 분량의 한 생애를 담은
작품집 무게가 무려 4kg이다

김향득—광장전
– 꿈 45

광주 오월 사진 기록가
왜 이리 눈물이 날까
그는 옛 도청 앞 나무들의 사연을 들려준다
총알 맞은 자국을 세세히 어루만진다
전남 도청에서 최후까지 싸우다 계엄군에
체포 연행 구금
80년 5월, 고등학교 3학년 학생이었다
'오월 과거 현재 미래 기록전'
현장에 그는 항상 있다
오월의 문주에서
오월을 기록한다
오월 광주를 지키고 있다
상처마다 아우르고 다독이다 허허해진 몸
슬픔 가득한 눈망울
끝내 그가 운다
울지 말아요
당신이 있어 광주는 살아 숨 쉴 수 있는
역사의 광장을 이룬 거니까요
참 많은 분이 오셨다

전혜옥-목판화전
– 꿈 46

그러는 사이
전율이다
긴 애상의 화랑에서 자아내는
걸쭉한 화판, 거기에 예쁜 날개를 얹었다
어찌 견디었겠는가
알알이 여문 결실의 빛 날
뜨거웠다
작품 봇물질, 함성 터져
천지가 꽃이다
그대 아름다움이다
자연을 가득 안은 굳건함이다
지금의 그가 있기까지
그러나 덤덤하다
생의 어떤 환란도 개의치 않을
그의 연정은 한없는 시선을 사로잡는다
그는 이야기꾼이다
작품마다 줄줄이 서사를 풀어낸다

저녁노을미술관
– 꿈 47

–눈물
거리를 거닐 때마다
눈시울 적시는 겨울의 바다 카페

아직도 그 밥알이 날 노려보고 있어
아직도 그 총검이 날 겨냥하고 있어
아직도 그 눈빛이 날 지켜보고 있어
하늘의 별도 달도 발걸음만을 가벼이 쫓으며
등을 밀어내고 있지, 산도 들도 눈 비비고 일어나
슬며시 자유를 즐기며 영혼은 늘 머리를 흔들지
아직 끝나지 않은 오월이 있다고

뚜벅뚜벅 걷고 있는 이 길은
당신이 있기 때문이다
해로도 달로도 누리를 비추고 있는 몸부림 때문이다
당신의 바람이 있기 때문이다
그것은 이 세상 모든 이의 눈짓이기 때문이다
이승의 매듭을 풀 신화적 바리가 곳곳에 돌풍의 잠을
기억하기 때문이다

노을미술관에도 옛 도청 앞 빛의 분수대 전시안의
큰 눈동자가 빛을 발하기 때문이다
우리가 만날 수 있는 건 세상에 건 꿈이 있기 때문이다
눈물이라고 말하지 않겠다
영원의 넋을 바친 사랑이 있기 때문이다

오천만 평의 바다 정원
꿈의 전시를 보았다

목포문화예술공장
― 꿈 48

신안 압해도
'저녁노을미술관'에서
목포 수강로 '항동시장'으로 달렸다
목포 여객터미널은 어린 시절 노령골에서
수학여행 왔던 융성했던 곳이다
원숭이 구경에 빠져 일행을 놓친 그날의 유달산행
둥근 접시에 오밀조밀 놓인 밀감을 처음 봤던
울락 말락 내리는 젖은 목포 유달산 길을 돌아 도착한
부근의 예술공장
내 시화(낙엽)를 그렸던
대학 후배 화가가 차린 눈물의 밥상을 받았다
애써 시장을 봐다 끓인 별미 황석어탕
주야를 가리지 않고 작업에 열중이다
방문 기념으로 붓통과 판화 부적을 선물 받았다
친환경 쌀로 애써 만든 쑥 찰흑미 떡과 절편을
화백이 내려 준 보드라운 커피와 함께 나눴다
모든 게 감사하다
내내 운전해 준 박 시인 덕이다
나만 혼자 나선 게 불안했던 모양이다

시동을 거는데 그가 마음을 바꾼다

동행은 늘 새롭다

조태일 시인
– 꿈 49

왜 이제야 나타났느냐구요, 맨발로
그 발바닥이 다 헐도록 당신은 꽃무릇으로
울음 울군요

그날은 시커먼 밤으로 둘러싸여 밖의
사람들 초인종을 막 눌러도
'누구든 들이지 마라' 단호했지요
부드러움은 날이 서고, 돌아누운
그날을 잊을 수 없어요
제1회 섬진강 여름문학학교에서 돌아와
당신이 걱정하던 '시인', '시인'지紙

온 밤을 바로 눕지 못하고 당신은 타올랐지요
깨알같이 적힌 포스트잇 메모 조각 윗주머니에
넣었다 뺐다,
당신의 처절한 울음을 기억합니다
'절대로 와해할 수 없어'
스스로의 몸을 태웠지요

1999년 9월, 하관하던 날, 내내 고속버스
막차 속에서 당신의 수난을 들어요, 따뜻한
밥 한 끼 지어 올려요, 당신의 눈을 감겨 드려요
이제 오시는군요, 마디마디 꽃무릇으로
당신이 울음 울던 그날 밤 광주, 아직 그대론데
당신이 들려준 햇감자, 아직 그대론데

당신이 온몸으로 껴안은 광주
맨발로 그 발바닥이 다 헐도록 당신은
꽃무릇으로 울음 울군요

문병란―비닐우산

― 꿈 50

세월은 지나도 마음은 그 자리에 있다
오래도록 떠나지 못하고 있다
한 치도 벗어나지 못하고 있다
그렇다고 말할 수밖에 없다

여기든 저기든 둥근 원 속에서 바둥거려도
하나일 수밖에 없는데
마음을 깎아 먹고 송두리째 숨죽이고 있다
누구랄 것도 없이 얄팍하게 계산되어지는 일상
오월이 울고 있다
심장을 움키고 있다

시집을 받았다 『죽순밭에서』
지산동에서 거리에서 모퉁이에서
오래도록 지워지지 않는다
누구는 아파하고 누구는 그 아픔을 딛고
그렇게 오월은 우리의 심장에 박혀 있다
뇌리에 남아 떠나지 않는 말씀,
비닐우산에 빗댄 가르침이었다

인생을 쉽지 않게 살려는, 살겠다는, 다짐이었다

옛날의 대나무에 끼운 비닐우산은
가림막이 되지 못했다
조금의 비바람에도 금방 저만치 날아가 버리곤
다 망가져 다시 쓸 수 없었다 쓸모없어져 버렸다
몇 번이나 온몸은 비로 범벅 되었다
생피로 쏟는 분노, 호된 나무람, 올곧은 눈, 매서운 일침
배운 건 바로 보기, 바로 쓰기였다
비가 올 때면 지금도 망설여 비닐우산을 생각한다

세상에 하고 싶은,
해야 할 일이 많아 마지막까지 시로써 일관하셨다
시집에 추천사를 써 주셨다

─기꺼이 그 사명자의 길을 가기 바란다 지치지 말라
광주 무등의 꿈으로 거듭 발전하라

명발당—윤정현

– 꿈 51

어제는 눈이 많이 내렸다
그쳤다 맑았다 연거푸 눈이 많이 내렸다
전화를 받았다
페북에 올라온 부고를 듣는다

2020년 9월 18일 저녁의 명발당
섬돌 아래 환한 꽃들
대청마루의 정 깊은 회포
사내가 꼬박 날을 지피고

새벽같이 차려 낸 밥상의 조기 한 마리 눈에 선하다
생굴을 넣지 못해 자꾸만 맛이 없어 미안타던 미역국
읍내까지 나가 사 온 달걀을 풀어
한상을 내었다

2021년 2월 18일
그로부터 꼭 5개월째다
밖은 눈이 소복한데
길마다 정취 그대로 두둑한데

이렇게 너는 내 맘에 남고
그냥 떠나갔구나

'파도가 밀려와 달이 되는 곳'
해남에서 강진까지 어둠을 따라 길을 비추며
있을 건 암 것도 없다지만
맛깔난 묵은 김치에 삼겹살 두둑이
대청마루 한밤을 내주던
그런 자리 더는 없겠구나
미안하다 젊은 청년 윤정현

설중 홍매화가 더욱 눈에 아리다

오월의 거리에서

– 꿈 52

오월은 누구의 것도 아니다
함부로 오월을 한정 짓지 마라
오월을 말할 때, 광주의 오월을 말할 때
한 번 더 더듬더듬 어루만져 살펴야 한다
그 핏덩이가 발아래 얼마나 걸리는지
짚풀 아래 잘 살펴야 한다

오월의 영웅은 없다
이름 없는 이들이 수없다
순결의 모성이
풀섶에 울고 있다 오월이 울고 있다
오월의 영웅을 만들지 마라 아직 해야 할
임무가 남은 그들의 이름을 쉽게 앞세우지 마라

많은 것들을 기다리고 있다
목숨 걸고 숨죽이는 것들이 있다
소소한 것들, 밝혀지지 않은 것들을
캐내야 한다 오월은 모두의 것이다
40여 년이 지났대도 오월은 누구의 것이 아니다

자꾸만 마음이 탄다
묻혀 버린 발굴되지 않은 그것
오월은 새까만 풀잎이다
거머쥐려 해선 안 된다
부글부글하다 오월의 모성

경험은 유일한 것이다
최루탄 가스를 마시며 오월의 거리에서 태아를 지켜 낸
끝내 잉태된 아이의 성찬으로 오월은 자란다
견딜 수 없다 천 번 만 번 어루만져 보고 더듬어 보고
돌아보고 살펴보고 그렇게 오월을 쓰라
말 못 할 것들이 남은 쓰린 오월을

나의 바람에게

– 꿈 53

둑을 걷다가 뒤따르다가
굽어진 숲길을 돌아서서 더는 앞서가지 못하고
서성거리다가
이렇게 혼魂이라는 생각이 났다
어떻게 나에게로 왔는지
새벽바람 끌려가 죽은
푸른빛 살상
눈발 날리고
손끝 아린 외진 마을 언덕길
흥이 없다

바람을 등지고, 그 바람, 결
마을 어귀 닳은 비석
흔적도 없이 삭아진 글귀
더듬거리다가
이렇게 혼魂이라는 생각을 했다
산맥이 휘둘러 가로막는다
사람은 없고 간간이
나의 비늘을 헤집고 든다

바람만 남는다
아득한 신의 바람

마을을 걷다가
신의 음성을 듣는다
바스락거리는 꿈의 소리
사람의 비명 듣는다
—화火다
어디까지 가려는 것일까
그만 일을 멈춘다
밀어제친 그것을 다시 제자리에 얹는다
삭은 바람
이내 만개한 꽃들

세상은 열리고 봄은 점멸하려 한다
기억을 따라 멀어져 간다
말려들어 가며 악마의 눈, 형벌이다

나의 귀를 사로잡지 못하는

바람의 간곡한 선율
한 계단을 오른다 산비알
꽃으로 물드는 봄
나는 맞설 수밖에 없다
너와의 그날을 손꼽았었다고
보리피리가 불고 싶어졌다

해설

장소성에 결합한 '꿈'의 서정

백수인 시인, 문학평론가

이번 시집에 묶은 이효복 시인의 시편들이 지닌 가장 큰 특징 중 하나는 각기 색다른 '공간'을 배치하고 있는 점이다. '정읍사공원' '율포' '양정달마루골' '명옥헌' '만귀정' '소쇄원' '와온' '물염정' '낙안읍성' '무등산' '양동시장' '축령산' '갈애바위' '장성' '논' '자라뫼 마을' '진도대교' '라벤더 언덕' '팽목항' 등 제목들에 드러난 공간만으로도 그 특징을 짐작할 수 있다.

시에서의 '공간'은 여러 시각들을 생각해 볼 수 있다. 가령 문학 커뮤니케이션 과정에서 보면 시인의 관념과 심상 사이에서 생기는 표현 공간, 그리고 작품과 독자의 감상 행위에서 생기는 전달 공간을 상정해 볼 수 있다. 이 과정에서 시인이 표현한 의도로서의 공간이 독자의 그것과는 다를 수도 있다. 또 하르트만의 갈래로는 실재 공간, 직관 공간, 기하학적 이념 공간이 있다. 실재 공간은 실재적 자연 속에 펼쳐지는 차원으로서의 공간을 의미한다. 직관 공간은 자연을 직관하는 의식의 형식으로서의 공간이다. 이러한 하르트만의 공간 개념을 문학 커뮤니케이션 과정에 다시 놓고 보면 실재 공간은 시인이 감각적으로 체험하는 대상으로서의 자연 그대로의 공간이고, 직관 공간은 시인이 실재 공간을 직관하는 부분적 공간이다. 이렇게 시인의 직관을 거친 공간은 시인에게 체험의 공간으로 남게 된다. 이러한 공간이 의미를 갖게 되어 작품에 재구되거나, 작품으로 재구된 공간이 다시 독자에게 돌아와서 간접적 공간 체험을 갖게 될 때, 비로소 이념 공간으로 인식될 수 있는 것이다. 장소성은 이러한 이념 공간에서 발현된다고 할 수 있다.

공간에 대한 체험과 기억에 따라 시인의 시각마다 다른 장소성을 지닐 수 있다. 그래서 이렇게 장소의 기억에 따른 공간의 특성은 누가 체험하고 바라보느냐에 따라 다른 양상을 띨 수 있는 것이다. 시간의 흐름 속에서 시시각각 변화해 온 공간을 기반으로 수많은 기억이 층위를 구성함으로써 장소성이 유지된다고 할 수 있다.

이 시집의 시편들에 보이는 또 다른 특징은 '꿈'이다. 이 시집의 모든 작품이 '꿈'을 부제로 한 연작이다. 따라서 이 시집을 관통하고 있는 시적 언술의 방식은 '꿈'의 형식이라는 것을 짐작할 수 있다. 꿈의 사전적 의미는 세 가지로 볼 수 있다. 즉, "잠자는 동안에 깨어 있을 때와 마찬가지로 여러 가지 사물을 보고 듣는 정신 현상.", "실현하고 싶은 희망이나 이상.", "실현될 가능성이 아주 적거나 전혀 없는 헛된 기대나 생각."이 그것이다. 시 텍스트도 시인의 정신 현상 발현의 하나로 본다면 꿈의 형식과 동궤에서 생각해 볼 수도 있을 것 같다. 최근 연구에서는 현실에서 의식적으로 회피하려 했던 '억압된 기억'은 다른 기억이나 경험보다 꿈에 등장할 확률이 더 높다는 결과가 나왔다고 한다. 이는 종래에 있었던 프로이트의 꿈 이론, 즉 '의도적으로 억제된 기억들이 꿈속에서 다시 등장한다.'는 사실을 뒷받침한다고 볼 수 있다.

이효복 시인의 작품을 놓고 '장소성'과 '꿈'의 형식을 연결해 보면 어떤 특정 공간 안에서의 '억압된 기억'들의 재구이거나, 과거와 현실 상황의 혼재로 드러날 가능성이 많다.

비가 내리고 바람이 차가워도 좋았다
너를 찾아 자드락길 올라서는 동안
마음 동동거리며 그런 날 있었지

비가 내리고 그 비 내 앞을 가로막아도
더는 한 발 나댈 수 없는 벼랑에 서서
너만을 기다리던 그런 날 있었지

한낮 푸른 잎들 다 떨궈 절망만 남아

사각사각 살얼음 지는 어둔 겨울밤

온몸은 시려 잠 못 든 새벽 에움길

눈이 내리고 바람이 에워싸도 좋았다

찬찬한 달도 없는 밤

그 달 높이 떠 심중 홀로 들앉아

나라의 어둠을 밝히던 그런 날 있었지

-「정읍사공원 망부상 - 꿈 1」 전문

이 작품에서의 공간은 전라북도 정읍시에 있는 '정읍사
공원'으로 설정되어 있다. 백제 가요인 「정읍사」를 기념하
기 위해 공원을 조성하고 그 노래의 주인공을 '망부상'으로
만들어 세워 놓은 것으로 생각된다. 이 시가가 지니고 있
는 설화는 "정읍에 한 장사하는 사람이 길을 떠난 뒤 오래
도록 돌아오지 않자 그의 아내가 산 위 바위에 올라가 남
편이 무사하기를 기원하며 달(빛)에 노래를 불렀다. 하지
만 남편은 돌아오지 못하고, 하염없이 기다리는 그의 아내
는 망부석望夫石이 되었다."는 이야기이다.

「정읍사공원 망부상 - 꿈 1」은 이러한 장소성을 바탕에
깔고 있다. 이 시는 화자와 '망부석', 혹은 백제의 그 여인

과의 동일화를 꾀하고 있다. 동일화된 화자는 그 공간에서의 부정적 상황, 즉 "비가 내리고 바람이 차가워도", "비가 내리고 그 비 내 앞을 가로막아도", "눈이 내리고 바람이 에워싸도 좋았다"고 긍정적으로 수용하는 입장에 있다. 그리고는 "그런 날 있었지"라고 과거의 '그런 날'을 회상하고 있다. 화자가 회상하는 과거의 시간인 '그런 날'은 "너를 찾아 자드락길 올라서는 동안/마음 동동거리"던, "더는 한 발 나댈 수 없는 벼랑에 서서/너만을 기다리던", "나라의 어둠을 밝히던" 시간을 의미한다. 그리고「정읍사」의 핵심적 상관물이라고 할 수 있는 '달'은 현실적으로는 "찬찬한 달도 없는 밤"이지만, 이 작품의 화자에게는 이미 "높이 떠 심중 홀로 들앉아" 있다. '이 시는 정읍사공원'이라는 공간의 장소성을 바탕으로 설정한 '꿈'의 양식이라고 할 수 있다.

이렇게 철저한 군락의 밤이 오면
경계에 서서 꽃을 피운다
생의 마지막 발악일지 모르나
곱게 서서 너의 가까워지는 소리를 감지한다
더는 오지 않아도 좋다
너의 숨결로 난 하루를 마셔 생을 유지하기로
철벅 철벅 강을 건너 동은 터 오고
이 밤도 부단히 등을 켠다

사방 아우성치는 봄의 희망

우뚝 불을 켜는 장미

봄눈 날리고 애먼 꽃샘추위

악에 물들지 않으리라,

산자락에 활활 불붙는 인정

- 「물염정 - 꿈 8」 전문

이 시의 공간은 전남 화순군 이서면에 있는 정자 '물염정
勿染亭'이다. 이 시 텍스트에 흐르는 시간은 '봄'이고 '밤'이
다. 이 시를 이해하기 위해서는 청자로 설정된 '너'의 존재
를 확인해야 한다. 이 시에서 화자는 "곱게 서서 너의 가까
워지는 소리를 감지한다", 그리고 "너의 숨결로 난 하루를
마셔 생을 유지하기로" 한다. 이 시에서 일어나는 핵심적
사건은 '개화開花'라고 볼 수 있다. "경계에 서서 꽃을 피운
다", "이 밤도 부단히 등을 켠다", "우뚝 불을 켜는 장미"가
모두 개화의 의미를 지닌다. 이는 "사방 아우성치는 봄의
희망"이고 "산자락에 활활 불붙는 인정"이다. 이 상황에서
장소성과 관련된 화자의 다짐은 "악에 물들지 않으리라",
즉 '물염勿染'이라는 자신과의 약속이다.

여행이란 결국 자아 찾기

자신에게로 되돌아오는 것

자꾸만 들여다본다

신념이나 철학, 소양은
이미 어렸을 때 완성된다
도회지를 떠나 참 많은 것을 본다

살았던 어린 추억의 집터
(중략)
은연중에 머물렀던 것들
나무를 보았다 오래된 집

바스락거리는 '보리수'
노래처럼 누워 보고 싶다
모두 떠나간 텅 빈 나의 본향

— 「자라뫼 마을 – 꿈 20」 중에서

예쁜 얼굴
정중히 바라보지 못했다
여리디 여린 손등
거울을 보며 씩 웃었다
여행 갈 마지막 채비를 끝낸 듯
안온했다
옷가지를 옆에 꼬옥 안고 깊은 잠이 들었다
빛이 내린다

125

온전한 어둠

곡진하다

퍼득이며 날아오르는 새,

어머니의 거룩한 마을

어귀에

나는 엉거주춤 울고 서 있다

잠든 마을

조금씩 헐거워진 선돌 틈으로 멀거니 멈춰 선 햇발

표지석을 보았다

– 「어머니–단전마을 – 꿈 23」 중에서

　'자라뫼 마을'은 전라남도 장성군 북이면에 위치한 이 시인의 '본향'이다. 화자는 현재의 시점에서 그동안의 인생 여행, 즉 도회에서의 오랜 생활을 마치고 본래의 공간인 옛집, 그 '추억의 집터'에 서 있다. 이 장소에서 비로소 "여행이란 결국 자아 찾기"이며 "자신에게로 되돌아오는 것"이라는 사실을 깨닫는다. 또한 그 '집터'에서 슈베르트의 「겨울 나그네」 중 다섯 번째 '보리수'를 인유하여 그 정서를 여기에 잇는다. 즉, 세찬 바람이 부는 겨울밤 헤어진 여자 친구의 집 앞에서 절망적인 생각으로 정처 없이 걷던 중 가지마다 많은 추억이 걸려 있는 보리수 나무 곁을 지나 마을을 떠나는 청년의 심경을 용사用事한 것이다. 여기에는 샘물이 흐르는 소리, 바람이 스쳐 가는 잎사귀들의 속삭임이 표현되어 있는 피아노 반주까지를 오롯이 담고 있는 것이다. 그래서 화자는 "바스락거리는 '보리수'/노래처럼 누워 보고 싶"은 심정인 것이다. 화자는 "모두 떠나간 텅 빈 나의 본향"에 돌아와서 꿈을 꾸고 있다.

'단전 마을'은 어머니의 친정, 시인의 외갓집이 있는 전라남도 장성군 북하면에 있는 마을이다. 화자는 어머니가 태어나서 자란 마을 앞 표지석 앞에 서서 어머니의 마지막 모습을 꿈에서처럼 보고 있다. "예쁜 얼굴/정중히 바라보지 못했다/여리디 여린 손등/거울을 보며 씩 웃었다/여행갈 마지막 채비를 끝낸 듯/안온했다/옷가지를 옆에 꼬옥 안고 깊은 잠이 들었다"고 지상에서의 마지막 모습을 회상해 냈다. "어머니의 거룩한 마을" 어귀에서 화자는 울고 서 있는 것이다. 이는 어머니의 마을이라는 장소성에 의한 울음인 것이다.

> 가느다란 기다림의 피안
>
> 오래도록 목울음 울어요
>
> 너와 내가 만나 저 바다로 흘러
>
> 닻을 내려요
>
> 비가 내려요
>
> 여기서 비를 맞아요
>
> 그 비 내게로 와 함께 눈물 흘려요

함께 비를 맞아요

그렇게 울어요

아, 비가 내려요

여기서 그 비를 맞아요

함께 울어요

어둑어둑 밤이 내려요

나는 울어요

여기 이 자리 떠날 줄을 몰라요

— 「팽목항 – 꿈 31」 중에서

'팽목항'은 전남 진도군 임회면에 위치한 항구로 2014년 4월 16일 수학여행을 떠난 고등학생 등 304명의 목숨을 앗아간 세월호 참사의 상처가 남아 있는 곳이다. 참사 후 분향소가 차려지고 유가족이 사고 해역을 찾을 때 반드시 거치는 상징적인 공간이다. 이러한 장소성에 연유하여 이 시의 화자는 돌아오지 못하고 아직도 그 바다에 있을 어린 희생자로 설정되었다. 그래서 "비가 내려요/여기서 비를 맞아요/그 비 내게로 와 함께 눈물 흘려요/함께 비를 맞아요/그렇게 울어요/아, 비가 내려요/여기서 그 비를 맞아요/함께 울어요"라고 독백처럼 애절한 마음을 전하고 있다.

인승무레기, 야욕의 총검이 지구를 몰살한다 해도

생명들 손발이 잘려도
더한 비가 내린다 한들
우물터에 버젓이 천지간 울음을 지켜 내기로
지난날 아로새겨,

배 속의 태아가 자라서
청장년 되었거늘
저만큼 능선에 다시 꽃 피어오르거든
봄의 덤불에
허한 눈물 한 줌 다시 살아

무섭게 외치는 구호
구금된 자유의 들녘, 길섶에 죽어 간 이름
어찌 잊었다 할까마는
저 우뚝한 산, 시가지를 비추는 무등
살아 있다는 그것이 희망이다

　　　　　　　　　　　　　　－「무등산 － 꿈 11」 중에서

새해 첫날
양동시장을 찾았다
양동복개상가의 새벽을 뒹굴던 넝마, 넝마주이
소리를 건너 학교에 갔다
거기에 사라진 모교

129

'겨울공화국'

무등산이 한눈이다
날 선 호각에 교문은 무너지고
쏴 대는 최루탄에 눈을 뜰 수 없다
무작위로 달음박질친
가스에 벌겋게 탄 눈
오랜 허언의 시간은 갔다

줄 선 '양동통닭' 그때 그 지점
넝마를 줍는 춥고 시린 얼굴들
곁에 없다
오래된 청바지 매장
아직 남은
재봉틀 돌리는 소리가 정겹다

-「양동시장 - 꿈 12」 중에서

 '무등산'은 광주와 화순, 그리고 담양에 걸쳐 있지만 광
주의 진산인 것은 분명하다. 그래서 무등산은 광주의 역사
와 정신을 상징한다. 이러한 장소성은 민주와 평화의 성지
로서의 공간으로 존재하게 됨을 의미한다. 이효복 시인도
이 시에서 그러한 광주 정신을 되새기고 있다. 1980년 5
월 "배 속의 태아가 자라서/청장년 되었거늘/저만큼 능선

에 다시 꽃 피어오르거든/봄의 덤불에/허한 눈물 한 줌 다시 살아" 있다는 것이다. 시인은 지금의 현실을 "무섭게 외치는 구호/구금된 자유의 들녘, 길섶에 죽어 간 이름/어찌 잊었다 할까마는/저 우뚝한 산, 시가지를 비추는 무등/살아있다는 그것이 희망이다"라고 파악하고 있다. 이것이 무등산에 기대는 시인의 꿈이다.

「양동시장 – 꿈 12」에서의 '양동시장'은 광주의 대표적인 시장으로 서구 양동에 위치해 있다. 새해 첫날, 시인은 양동시장에 있다. 그리고 그 장소에서 과거의 기억을 반추한다. 먼저 "양동복개상가의 새벽을 뒹굴던 넝마, 넝마주이"를 기억해 낸다. 그리고나서 바로 건너편에 있었던 사라진 모교를 떠올린다. 이어서 연상된 것은 '겨울공화국'이다. 모교는 광주중앙여자고등학교이고, '겨울공화국'은 시인이 재학 당시 모교의 국어 교사였던 시인 양성우의 시 작품 제목이다. 시 「겨울공화국」은 "총과 칼로 사납게 으박지르고/논과 밭이 자라나는 우리들의 뜻을/군화발로 지근지근 짓밟아대고/밟아대며 조상들을 비웃어대는/지금은 겨울인가/한밤중인가/논과 밭이 얼어붙은 겨울 한 때를/여보게 우리들은 우리들은/무엇으로 달래야 하는가"라는 구절에서 짐작할 수 있듯이 박정희의 유신독재체제를 신랄하게 비판하고 있다. 시인 양성우는 1975년 2월 12일 민청학련 사건 관련자 석방을 촉구하기 위해 열린 광주의 YMCA강당에서 열린 구국기도회에 참석했다. 이 행사에서 자작시 「겨울공화국」을 낭송하여 그해 4월 중앙여고에서 파면되었다. 이것이 소위 '겨울공화국 사건'이다. 이 시인은 '양동시장'이라는 공간에서 40여 년 전의 이 사건에 대한 기억을 '겨울공화국'이라는 한마디로 재현해 내고 있는 것이다. 그리고 이어서 "날 선 호각에 교문은 무너지고/쏴 대는 최루탄에 눈을 뜰 수 없다/무작위로 달음박질친/가스에 벌겋게 탄 눈"이라는 구절은 모교 재학 시절 직접 체험했던 시위 현장을 떠올리고 있는 것이다. 이처럼 시인은 '양동시장'이라는 공간에서 과거의 '억압된 기억'을 꿈으로 꾸고 있는 것이다.

이효복 시인의 시편들에는 화자가 존재하는 공간이 특정한 경험과 기억을 가진 장소로 설정되어 있는 경우가 많다. 이 장소가 화자의 체험과 과거의 기억을 통해 재구될 때 비로소 장소성을 갖게 된다. 그가 시적 의미의 틀로 설정한 공간의 장소성은 '꿈'의 전개 방식과 유사하게 언술된다. 과거의 억압된 기억들이 장소성과 연관되어 자동기술적으로 구현되기도 하고, 역사적 사실이 인유의 방식으로 표출되기도 한다. 또한 그 장소성을 바탕으로 화자가 의도하고 희망하는 미래 시간에서의 정서를 제시하기도 한다. 그의 시는 장소에 대한 정보의 기록에 붙잡혀 있는 것이 아니라 장소로부터 환기되는 다양한 정서를 개방되고 자유로운 꿈의 형식으로 발현하고 있는 것이다.

달밤, 국도 1번

초판1쇄 찍은 날 | 2022년 12월 27일
초판1쇄 펴낸 날 | 2023년 1월 1일

지은이 | 이효복
펴낸이 | 송광룡
펴낸곳 | 문학들
등록 | 2005년 8월 24일 제2005 1−2호
주소 | 61489 광주광역시 동구 천변우로 487(학동) 2층
전화 | 062−651−6968
팩스 | 062−651−9690
전자우편 | munhakdle@hanmail.net
블로그 | blog.naver.com/munhakdlesimmian

ISBN 979−11−91277−61−6   03810

• 이 책은 광주광역시 .문_광주문화재단의
  2022년도 지역문화예술육성지원사업의 지원을 받아 발간되었습니다.